Écrit par Lacrem | Illustré par Bi

W0321600

Les pires fans de rap

LES STANS NEW WAVE

JOUUE! EDITIONS

LES PIRES FANS DE RAP

Drill | **Complot** | **Iencli** | **Zumba** | **NewWave** | **Mainstream** | **L'Ancien** | **Conscient**

STAN

Nom masculin
Stan (pluriel : stans)

Fan extrêmement zélé ou obsessionnel d'une célébrité en particulier.

Verbe transitif *(conjugaison : stanner, je stanne, tu stannes, il/elle stanne, etc.)*

Origine : *début du 21e siècle, en référence à la chanson Stan (2000) du rappeur américain Eminem, qui raconte l'histoire d'un fan obsessionnel.*

STAN
NEW WAVE

Grec : berliner feta grenade

Album : Joke – Ateyaba

Animal Totem : la Taupe (il adore digger comme elle)

Film : un film bulgare que personne n'a vu

Expression : "Pour être original, il suffit d'imiter les auteurs qui ne sont plus à la mode."
Jules Renard

Punchline : J'active les sim sim / Bad ass bitch, bad ass bitch / C'est une bad ass bitch, On god, on god, on god. gapman

Youtuber : Le Règlement
(même s'il devient un peu trop mainstream)

Sauce : le sauce god

Stan NewWave se définissait volontiers

comme un digger qui passait son temps

à dénicher les talents ignorés par l'industrie

mais aussi par le grand public,

qui, comme chacun sait, **n'a aucun goût**.

LE RAP C'ÉTAIT MIEUX
NEW NEW WAVE
LACREM
Biscuit studio
Skuuu
BIO

Comme tous les matins,

il se brancha sur ***SoundBloom®***

et écouta ,

son rappeur préféré à **12 auditeurs par mois**.

Ce qu'il aimait chez , c'est qu'il se foutait

des codes que "les racailles", comme il les appelait,

considéraient comme "**le vrai rap**".

NEW NEW WAVE

Jean slim troué et crop top anarchie :

Zil Wilson était dans sa *"own shit"*

comme il aimait le dire.

Du haut de ses 16 ans,

il n'avait aucune retenue et était proche

de sa communauté de 12 auditeurs.

Stan NewWave voyait [illegible] comme son slime

avec qui il aurait bien aimé partager

une journée au skate park.

"Ça, c'est une vraie pépite !"

se réjouit Stan NewWave,

en allant se coucher satisfait.

NEW NEW WAVE

Mais en se réveillant le matin,

il vu que Lil Lilou comptait désormais

600k auditeurs mensuels

après avoir été partagé par un compte fan

du rappeur **ZZZReforestation**.

Une crise de panique l'envahit, il prit son compas

et s'apprêtait à **commettre l'irréparable**.

Mais une idée lui vint :

"Maintenant qu'il est connu, je vais pouvoir aller dire aux autres stans que je l'écoutais à ses débuts !"

Il s'empressa d'enfiler ses Bolocie boots

et sa plus belle ceinture pour aller le dire

à tous ses amis.

Désormais, il serait enfin reconnu à sa juste valeur :

un précurseur en avance sur son temps.

Own Shit
NEW NEW WAVE

Arrivé à son lycée, ça se confirmait :

absolument tout le monde

écoutait le dernier son de [illegible].

LYCÉE FRED DE SKY
NEW NEW WAVE
Mainstream
LE RAP C'ETAIT MIEUX AVANT

Stan NewWave fit le tour de toutes les classes

et des recoins de la cour de récré pour alerter tout le

lycée que c'était son rappeur préféré

depuis le début, jusqu'à l'homme de ménage

qui n'en demandait pas tant.

"Je l'écoutais depuis longtemps,
avant qu'il perce !
Vous vous moquiez tous
de « mes rappeurs de merde »,
qui c'est qui rigole maintenant ?!"

Ses amis, loin de prendre la mouche,

le félicitèrent chacun à leur façon :

"Tu sais s'il a du merch ?
Je vais tout lui commander !"
promit **Stan Iencli**.

"Je le verrais bien en feat avec le 556",
observa **Stan Complot**, pensif.

"Y a une vibe un peu UK non ?
Est-ce qu'il a des vrais couteaux ?"
s'interrogeait **Stan Drill**.

?
?
?
?
NEW NEW WAVE
Mainstream

Après avoir essayé d'orienter la discussion

sur les différents types de mixages utilisés

par Zeb Wilson, **Stan NewWave** se rendit compte

qu'il avait épuisé tous les sujets de conversation

possibles avec ses amis

et sentit en lui comme **un grand vide**.

?
?
mainstream
NEW NEW WAVE

Même pendant son cours d’anglais,

pourtant son préféré **où il perfectionnait son franglais**

jour après jour, il resta d’humeur mélancolique.

Il n’arrivait pas à se concentrer et repensait avec

nostalgie à l’époque où lui seul connaissait *Zil Lilou*.

Monday January 7th
Mr CEE
Where is
bitch?
23

Lorsque **Stan Zumba** lui annonça qu'il avait découvert *Jil Wilson* parce que **JIL** l'avait mis en story,

Stan NewWave dût se rendre à l'évidence :

son rappeur préféré ne lui appartenait plus.

LYCÉE FRED
NEW NEW WAVE
ainstream
LE RAP C'ETAIT MIEUX AVANT

En rentrant chez lui,

il trouva son père en train de s'ambiancer

sur Lil Lilou qui passait sur Skyrap.

"Chérie je t'ai pris un de tes crop tops lil lilou,

on adore avec ta belle-mère !"

S'en était trop pour lui, il claqua la porte et partit faire

un tour au cimetière pour se remonter le moral.

ça c'est du son mon slim!
Lil Lilou
Lil Lilou
NEW NEW WAVE

Une fois sur place,

une envie d'en finir lui passa par la tête.

Il se demanda même comment faire

et envisagea des possibilités affreuses.

Manger du gluten,

lui qui y était allergique depuis 10 ans ?

Prendre tout **le tube d'homéopathie**

que belle-maman lui avait donné pour son rhume ?

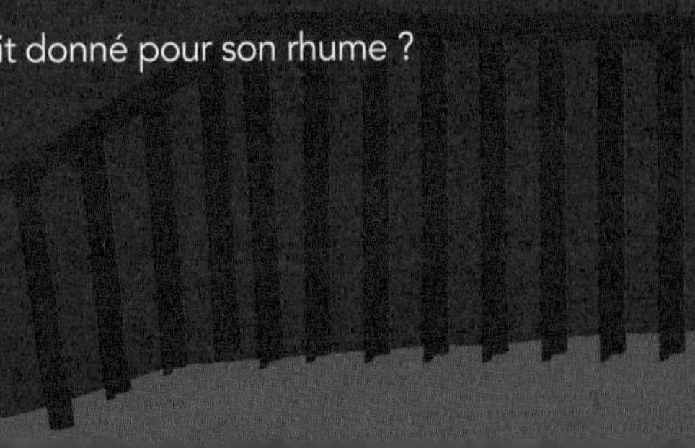

NEW NEW WAVE
Bored Apes
2020-2022
Jersey
2022-2022
Tecktonik
2006-2007

Pendant qu'il réfléchissait à la meilleure façon

d'en finir, il perçut **un beat qu'il n'avait jamais entendu**.

Comme une instru de plug

qui se dégageait du fond du cimetière.

En s'approchant, il vit un homme avec un **drip insane**

qui jouait d'un instrument qu'il ne connaissait pas.

Et en plus, il buvait une sorte de Lean jaune.

Il en était désormais certain, il ne pouvait s'agir

que d'un **Rappeur New Wave**.

Dling Dling
Dling
Dling
NEW NEW WAVE
89
89

Il s'approcha et lui demanda son pseudo.

L'homme répondit :

"Moi je suis Lilian, t'as pas une pièce ?".

Stan NewWave hallucinait.

Il trouvait la méthode marketing de ce Lil Lian

complètement folle. C'était du D2C de génie.

Il s'empressa de lui filer un billet et demanda un freestyle.

Tu lâches un freestyle ?
NEW NEW WAVE
20
20

Des mots sortirent de sa bouche

avec **un flow révolutionnaire.** Ses placements

et son écriture laissaient transparaître tout

le génie de cet artiste underground avant-gardiste.

La prod minimaliste faite de bruit de pluie

et d'aboiements collait parfaitement

aux lyrics.

Ça y'est, il avait trouvé son nouveau rappeur préféré !

Stan NewWave était vraiment le digger de talents

qu'il pensait être, se dit-il grandement satisfait.

Espèce de petit fils de pute
t'as cru j'étais ton clown.
Je vais te sodomiser avec du verre pilé
si tu restes dans les parages !
Je vais déterrer tes ancêtres,
leur chier dessus et les ré-enterrer derrière.
Sale salope avec ton filet de merde
t'as cru on était à la fashion week ?!

Stan NewWave était définitivement sorti de sa phase de dépression intense de **38 minutes**.

Il avait enfin compris que, ce qui comptait le plus pour lui, ce n'était pas la qualité des prods plugs, ni les placements hors temps, ni même la voix criarde des rappeurs.

Certes, tout celà était important, mais ce qui comptait vraiment pour lui, c'était que son rappeur préféré soit écouté **par le moins de personnes possible**.

Et cette petite pépite qu'était Lil Lian remplissait parfaitement ce critère.

NEW NEW WAVE

Il pouvait rentrer chez lui l'esprit serein

et laisser [illegible] aux Normies sans goût.

De toute manière,

il trouvait désormais sa musique trop commerciale.

Lexique

Digger : creuser/chercher des artistes peu connus.

Un slime : un ami très proche.

Slatt : anagramme de "slime love all the time" .
C'est donc un super slime.

Les Racks : les sous, l'argent.

Une prise : version française du "plug"
qui est utilisée pour parler d'un contact.

Le jugg : une rentrée d'argent par deal, arnaque ou autre.

Finesse quelqu'un : arnaquer quelqu'un.

On god : une manière de jurer "sur dieu".

Whip in : tout mélanger.

Collection de Vinyles
Collier à pics
Sirop pour la toux
Vernis à ongles noir
(y'en a pas dans le livre parce qu'on avait la flemme)
NEW NEW WAVE
Haut en résille
Starter Pack
Pantalon large de petit créateur
Balocie Boots

Horoscope

21 Mars - 20 Avril
Un plug va te plugger avec une prise.

21 Avril - 20 Mai
Si tu mets le price,
une hoe va flex son booty.

21 Mai - 21 Juin
Fais un choix entre la trap
et le money bag.

22 juin - 22 Juillet
Prends garde à ce que ta baby
ne devienne pas une bad ass bitch.

23 Juillet - 22 Août
Enfile tes Bolocie Boots,
même pour aller au souk.

23 Août - 22 septembre
Si tu te sens down bad,
trouve un slatt et roule un gaz.

23 Septembre - 22 octobre
tu fais des loves en finessant un opps,
qui va te blame ?

23 Octobre - 22 Novembre
Sois dans ta own shit,
les Racks viendront à toi.

23 Novembre - 21 Décembre
Si tu te sens lame,
n'oublie pas que t'es une chèvre.

22 Décembre - 20 Janvier
slime à toi va tout whippin pour Noël.

21 Janvier - 19 Février
Watchout !
Un slime risque de rejoindre les opps.

20 Février - 20 Mars
Ton drip est insane ! On god !

Achète les autres books mon Slim !
PlugMe

RETROUVE TOUT LES STANS

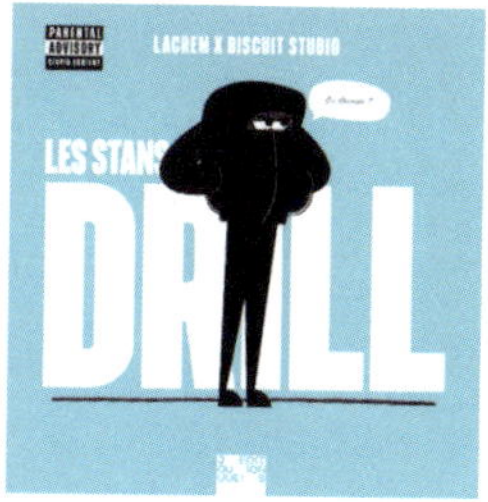

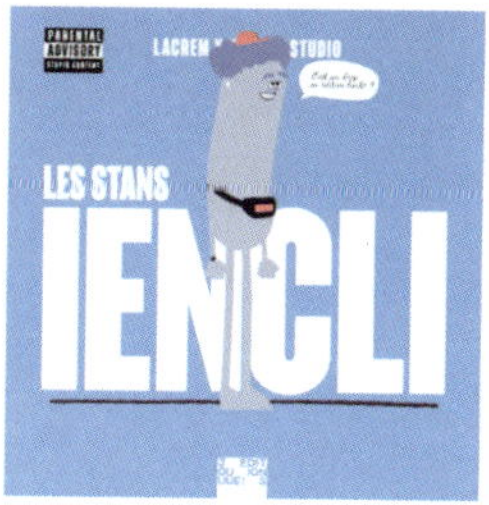

LES STANS

www.lesstans.fr
www.lacrem-edition.fr

Écriture : William SELLEM & Lucas RICHEZ / Lacrem
Illustration : Adrien & Quentin DE GRIVEL / Biscuit Studio
Fondateur Jouuue ! éditions : Guillaume Silvestri
Direction des éditions : Florence Lécuyer
Écriture additionelle : Yérim SAR
Correctrice : Raphaëlle VINON

Jouuue ! une marque du groupe Combo Éditions
ISBN : 9782959288562

Achevé d'imprimé en Lituanie en janvier 2025
Dépôt légal : janvier 2025